Palabras que deben aprender antes de

abuelo

desperdiciamos

electricidad

escuela

pintada

reciclar

reducir

reutilizar

www.rourkepublishing.com

Edición: Luana K. Mitten
Ilustración: Anita DuFalla
Composición y dirección de arte: Renee Brady
Traducción: Danay Rodríguez
Adaptación, edición y producción de la versión en español de Cambridge BrickHouse, Inc.

ISBN 978-1-61810-523-3 (Soft cover - Spanish)

Rourke Publishing
Printed in the United States of America,
North Mankato, Minnesota

www.rourkepublishing.com - rourke@rourkepublishing.com
Post Office Box 643328 Vero Beach, Florida 32964

ABUELO VIENE A LA CLASE
de primer grado

J. Jean Robertson
ilustrado por Anita DuFalla

—Abuelito, estoy feliz de que puedas visitar mi escuela. Mi escuela es verde, ¿lo sabías?

—No, no lo sabía.

—¡Aquí estamos! Laura, me dijiste que tu escuela era verde. Yo la veo blanca.

—¡Ay abuelo! Verde en este caso no significa el color del que está pintada la escuela. Significa que vivimos en un ambiente verde.

Nosotros aprendemos las tre
R para vivir en un ambiente
verde.

Reutilizar

Reciclar

11

Nosotros no desperdiciamos el papel.

Nosotros no desperdiciamos el agua.

Nosotros no desperdiciamos la electricidad.

Nosotros no adquirimos algo nuevo si podemos utilizar algo que ya tenemos.

A nosotros nos gusta VIVIR
EN UN AMBIENTE VERDE.

Actividades antes de la lectura

El cuento y tú...

¿A qué se refería Laura cuando dijo que su escuela era verde?

Nombra tres cosas que Laura y sus compañeros le enseñaron al abuelo para vivir en un ambiente verde.

¿Es tu escuela una escuela verde? Si no lo es, ¿qué podrías hacer para que lo fuera?

Palabras que aprendiste...

Elige tres de las siguientes palabras. En una hoja de papel escribe una oración nueva para cada una de las palabras que elegiste.

abuelo   reciclar
desperdiciamos   reducir
electricidad   reutilizar
escuela
pintada

Podrías... comenzar tu propio programa de reciclaje.

- Haz una lista de las cosas que puedes reciclar.

- Decide dónde vas a comenzar tu programa de reciclaje (en la casa o en la escuela).

- Haz señales o afiches para promover el reciclaje.

- Investiga adónde puedes llevar los materiales que vas a reciclar.

- Haz cajas de reciclaje para recolectar los materiales que se van a reciclar.

Acerca de la autora

J. Jean Robertson, también conocida como Bushka por sus nietos y otros niños, vive con su esposo en San Antonio, Florida. J. Jean está jubilada después de muchos años de ser maestra. Una de las formas en que Bushka vive en un ambiente verde es guardando los periódicos y las revistas viejas para que su nieto los lleve a la escuela y los reciclen.

Acerca de la ilustradora

Aclamada por su versatilidad de estilo, el trabajo de Anita DuFalla ha aparecido en muchos libros educativos, artículos de prensa y anuncios comerciales, así como en numerosos afiches, portadas de libros y revistas e incluso en envolturas de regalo. La pasión de Anita por los diseños es evidente tanto en sus ilustraciones como en su colección de 400 medias estampadas. Anita vive con su hijo Lucas en el barrio de Friendship, en Pittsburgh, Pennsylvania.